MYSTÈRES DANS LES HIGHLANDS

Les secrets du château de Glamis

Alex Moury
Hugo
Romain
Amytis
Thomas
Cerise
Mélissa

UNITED KINGDOM
SCOTLAND
Drumnadrochit
Inverness
Glamis
Fort William
Edinburgh
Abbotsford
Glasgow
NORTHERN IRELAND
ENGLAND
Nottingham
WALES
London
Folkestone

ISBN : 978-2-36836-071-2
Édité par ABC MELODY Éditions
www.abcmelody.com

Imprimé en République tchèque
Dépôt légal : janvier 2016
Loi nº 49-956 du 16 juillet 1949 sur les publications destinées à la jeunesse.
Directeur de collection : Stéphane Husar
Coordination éditoriale : Delphine Wojciek
Conception graphique et mise en pages : Alice Nussbaum

MYSTÈRES DANS LES HIGHLANDS

Les secrets du château de Glamis

Texte d'Alain Surget
Illustrations de Louis Alloing

abc
MELODY

Chapitre 1

Les canons d'Édimbourg

Dans une auberge de jeunesse, à Édimbourg.

Les élèves débarquent dans la salle à manger pour le *breakfast*. Le maître et les deux accompagnateurs, Farid et Mélanie, sont déjà attablés et dégustent leur porridge.

- Comment s'est passée votre première nuit en Écosse ? demande le maître aux enfants.

Mal réveillés, certains répondent par des grognements. D'autres - les filles surtout - lancent un joyeux « *Hello !* » et assurent qu'elles ont merveilleusement bien dormi.

- Sans même sentir le frisson glacial des fantômes, achève Cerise.

- Il y a des marshmallows au p'tit déj' ? interroge Jasper qui semble émerger du sommeil avec ses cheveux tout ébouriffés.

Il promène son nez au-dessus des tables qui proposent des œufs brouillés, du bacon et des saucisses grillées, des filets de hareng fumé, des céréales, des toasts et de la marmelade ainsi que des *beans on toast*, c'est-à-dire des haricots blancs à la sauce tomate sur des toasts.

- Toujours pas de *haggis*, la panse de brebis farcie ? se réjouit Amytis qui a parié qu'elle goûterait à ce plat.

John, le guide écossais, qui tient trois assiettes entre les doigts, lui renvoie de sa grosse voix d'ours :

- Dans les Highlands, il n'y aura plus que ça à manger.

- Hein ? Quoi ? Ils veulent nous empoisonner, les Écossais ! se hérisse aussitôt la classe.

L'homme va s'asseoir à la table des adultes et leur décoche un clin d'œil complice. À ce moment, le chauffeur entre en trombe, l'air affolé, son thermos de café à la main.

- Le car a été forcé cette nuit ! annonce-t-il.

- Comment ? s'écrie monsieur Moury alors que les autres le regardent avec des yeux ahuris.

Même les élèves font silence, figés par la stupeur.

- La porte et les soutes à bagages étaient ouvertes. Les malfaiteurs ont dû être dérangés sinon ils auraient pris la peine de les refermer pour masquer leur intrusion.

- Mais il n'y a rien à voler dans le car, fait remarquer Farid.

- Ils ont vandalisé l'intérieur ? s'inquiète Mélanie.

- Non, non, la rassure le chauffeur en s'asseyant. Il n'y a pas de dégâts, à part les serrures. Je viens d'appeler ma compagnie qui s'occupe de me trouver un garage. Je vais profiter de ce que vous visitez la ville à pied, aujourd'hui, pour aller faire changer les serrures.

- Ce n'est pas si grave, dit l'enseignant. Les voleurs auraient pu briser les vitres ou casser l'ordinateur de bord.

- Notre chambre aussi a été fouillée, intervient Jasper qui s'est tartiné des toasts avec de la confiture à la fraise.

Le maître se tourne vers lui, sidéré.

- Qu'est-ce que tu racontes ?

- Ben oui, hier soir j'avais rangé mes baskets sous mon lit, et ce matin je ne les ai pas retrouvées.

- Mais... tu les as aux pieds! constate Mélanie.

- C'est un fantôme qui t'a joué un tour! se moque Alison en se servant un jus d'orange.

- Non, c'est moi, avoue Thomas. Tes godasses puaient tellement le rat crevé que j'ai failli m'asphyxier. Alors je les ai sorties dans le couloir... Je dors dans le lit au-dessus du sien, se justifie-t-il auprès du maître.

Les adultes sourient.

- Je vous déposerai au pied du château, reprend le chauffeur, et je vous y retrouverai en fin d'après-midi. Je vous appellerai sur votre portable pour préciser l'heure car cela dépendra du temps de la réparation.

Puis il se lève et se dirige vers la machine à café afin de remplir son thermos.

- Cette effraction l'a vraiment marqué, notre Caféman, observe Hugo en parlant du chauffeur.

- C'est normal, répond Romain. Il est responsable de son car. Je me demande bien ce que cherchaient les voleurs.

- Ils voulaient peut-être voler le car, tout simplement.

- Mais alors pourquoi forcer les soutes à bagages ?

* * *

Un peu plus tard, les élèves se retrouvent sur la vaste esplanade devant le château. Portant le kilt, un gilet et une courte veste noirs, un groupe de musiciens joue de la cornemuse et du tambour.

- Ils s'entraînent pour le Royal Edinburgh Military Tattoo, précise le guide.

- Le tatou ? s'étonne Hugo. J'ignorais que le tatou était la mascotte de l'armée écossaise.

– Non, sourit Alison. Le Tattoo, c'est un festival auquel participent les fanfares de plusieurs régiments.

- Et pas seulement de l'armée anglaise, complète John. Les groupes viennent d'Europe, du Canada, d'Inde, d'Afrique du Sud, d'Australie, de Nouvelle-Zélande... Ils présentent des spectacles centrés sur la musique et sur les danses traditionnelles.

- On pourra y assister ? demande Romain, les yeux brillants.

- Hélas non, dit le maître. Le festival a lieu au mois d'août.

La classe écoute un moment, ravie, se laissant captiver par la voix aigre des cornemuses et par le roulement des tambours qui prend au ventre.

- Ils ont des *tam o' shanters*, remarque Jasper. Vous noterez que j'ai bien retenu le nom, monsieur, ajoute-t-il à l'adresse de son enseignant.

- Non, corrige John. C'est un calot noir à pompon rouge qu'on appelle le *glengarry*.

- Pfff, lâche le garçon, dépité. Ils sont compliqués, ces Écossais.

Alex Moury mène ensuite ses élèves à l'intérieur du château. Ils gravissent une rampe, passent sous une porte à herse et découvrent, sur une petite esplanade, une série de pièces d'artillerie.

- Ouah ! s'extasient les garçons. On peut tirer sur la ville, d'ici.

Pendant que le guide relate l'histoire du château à ceux qui veulent bien écouter, les autres apprécient la vue plongeante sur les quartiers de la ville. Les enfants découvrent également la maison du gouverneur sur une terrasse inférieure, puis ils grimpent un escalier qui conduit à la chapelle Sainte-Marguerite.

- Cette chapelle est le bâtiment le plus ancien sur la colline. Elle est la seule partie qui subsiste d'une tour du XIIe siècle.

Mais les élèves n'ont d'yeux que pour Mons Meg, un énorme canon constitué de barres de fer recouvertes par des anneaux de fer.

-Mons Meg fut coulé en 1486. Il pouvait envoyer un boulet de fer à plus de 1 200 mètres, et un boulet de pierre à plus de 2 500 mètres, explique John.

- Aucune armée n'a jamais réussi à s'emparer de ce château, alors, suppose Mélissa, la petite rouquine.

- Détrompe-toi. Malgré ses défenses impressionnantes, le château a été pris plusieurs fois. Mons Meg a éclaté en 1682 en tirant une salve d'honneur.

- C'est bien la peine d'avoir tiré pendant deux siècles sur l'ennemi pour exploser un jour de fête, grommelle Jasper.

- En 1754, la pièce a été transférée dans la tour de Londres puis, à la demande de Sir Walter Scott, elle a été restituée à l'Écosse.

- Vous n'avez pas oublié Walter Scott, bien sûr ? intervient le maître.

- Non, on l'a vu hier avec son chien, lâche Hugo avant de recevoir un coup de coude dans les côtes de la part de Romain.

Le regard que lui jettent son ami et Amytis lui fait regretter ses paroles.

– Heu, oui… tu veux dire son manoir, rectifie monsieur Moury.

À la suite de leur guide, les élèves longent la rampe d'accès au château. Ils atteignent un bastion en forme de demi-lune construit sur l'ancien donjon royal, puis ils pénètrent dans la cour du palais. À droite se dresse le Scottish National War Memorial.

– C'est un monument dédié aux combattants des quatre divisions écossaises qui ont pris part à la guerre de 14-18, traduit Alison qui lit la plaque commémorative.

– Je vais d'abord vous faire visiter le palais, déclare le guide. Ensuite, nous irons jeter un œil dans le grand hall qui renferme une exposition d'armes et d'armures anciennes. Nous finirons en allant admirer les costumes militaires et les modèles réduits de navires de guerre qui se trouvent dans le musée, cet autre bâtiment qui borde la cour.

- Tout de suite, nous allons donc découvrir la Chambre de la Couronne, indique le maître.

- La chambre à coucher du roi ? s'enquiert Hugo.

- Non. La chambre où est exposé le Trésor d'Écosse.

- Un trésor ? Des quantités de pièces d'or ? Des diamants ? lance la classe en ouvrant des yeux ronds.

Lorsqu'ils entrent dans la salle, les enfants s'attendent à trouver des coffres empilés jusqu'au plafond. Un vrai trésor de pirate, en somme.

- Le Scottish Regalia ! annonce fièrement John en montrant une vitrine où reposent une couronne, un sceptre et une épée sortie de son fourreau.

- Quoi ? C'est tout ? s'exclament les élèves.

- Il y a aussi des bijoux enrichis de pierres précieuses, fait remarquer Mélanie qui s'est approchée d'une deuxième vitrine.

- Ah bon, souffle la classe.

- Pourquoi il y a un bloc de pierre à côté ? demande Jasper. C'est ce qui reste d'un sarcophage ? C'est un siège pour les touristes fatigués ?

- C'est la Pierre de Scone sur laquelle étaient couronnés les rois d'Écosse, gronde le guide d'une voix forte. Pour affirmer sa domination sur l'Écosse, le roi Édouard Ier d'Angleterre la fit transporter à l'abbaye de Westminster en 1297, et il la plaça sous son trône. La Pierre ne nous a été rendue qu'en 1996.

- C'est une pierre sacrée, alors, reconnaît Mélissa.

Les enfants admirent le bloc de grès avec un certain respect, quand soudain un cri s'élève dans le groupe.

- Monsieur ! Thomas n'est plus avec nous !

Chacun regarde autour de soi.

- Il doit traîner derrière nous, estime le maître.

- Je vais voir, se propose Farid.

Quelques minutes plus tard, il revient en courant, le visage décomposé.

- Je suis retourné jusqu'au bastion, halète-t-il.

- Et alors ? Thomas ? s'inquiète Alex Moury.

Farid secoue la tête et articule :

- Disparu !

Chapitre 2

Où est passé Thomas ?

L'affolement gagne les adultes.

- Il faut nous séparer pour le retrouver, décrète l'enseignant. Thomas est forcément dans le château.

- Pourvu qu'il ne soit pas tombé dans une oubliette en allant fureter dans un coin ! s'alarme Mélanie.

- Ou qu'il se soit perdu dans un passage secret, renchérit Farid. Cela ne doit pas manquer dans une forteresse pareille.

John suggère alors :

- Allez le rechercher tous les trois ! *I'll keep an eye on the little froggies*, termine-t-il en anglais pour ne pas être compris des élèves.

Mais Alison a l'ouïe fine.

- Oh ! lui renvoie-t-elle, indignée.

- Qu'est-ce qu'il a dit ? Qu'est-ce qu'il a dit ? veut savoir Jasper.

- Il nous compare à une bande de grenouilles.

- Beu-euh, pour qui il se prend, ce crapaud à barbe ? ronchonne le garçon à voix basse en jetant un regard noir à l'Écossais.

Alex Moury et les deux accompagnateurs se hâtent de ressortir du palais. Une fois dans la cour...

- Le premier qui le retrouve appelle les autres ! lance le maître comme ils se séparent pour s'engager chacun dans une direction différente.

* * *

Moins de deux minutes plus tard, mais avec une heure de décalage, le téléphone sonne chez l'un des voleurs de diamants, en France.

- Mon nouveau contact ne s'est toujours pas manifesté, dit la voix en provenance d'Écosse.

- Cela se produira dans les Highlands.

L'homme perçoit un soupir dans le combiné.

- Ce n'est pas possible avant, reprend-il.

- Waldo a lancé quelqu'un sur mes traces. J'avais un doute, mais cela s'est confirmé cette nuit.

- Les diamants sont en sécurité, j'espère ?

- Aucun problème de ce côté-là, le rassure la voix. Je ne pense pas que Waldo sache que c'est moi qui m'occupe du colis, sinon j'aurais déjà eu affaire à un de ses complices. Mais...

Le « mais » traîne, appelant une question.

- Oui ? interroge le voleur.

- Je me demande s'il n'y a pas une taupe parmi nous. Comment Waldo a-t-il pu connaître notre itinéraire autrement ?

- J'en suis arrivé à cette conclusion, moi aussi. Personne ne sait que c'est toi le livreur, et je vais m'arranger pour que personne ne le découvre. Fais attention à toi, et surtout ne commets aucune imprudence !

– Je vais faire de mon mieux. Je dois te laisser, je te rappellerai plus tard.

La communication s'interrompt. Le voleur raccroche le combiné tandis qu'en Écosse, une main enfouit son portable dans la poche.

* * *

Très angoissée, Mélanie triture son portable au fond de sa poche. Elle n'a pas encore aperçu Thomas et arrive sur l'esplanade où jouaient les musiciens. La musique s'est tue. Le groupe est debout à une extrémité, juste avant la descente vers High Street. Mélanie embrasse la place du regard. Aucune trace de Thomas. Elle espère que Farid ou monsieur Moury l'auront retrouvé le long des remparts, dans la chapelle ou dans l'une des salles des divers bâtiments, et elle s'apprête à repartir, quand...

Elle tique. A-t-elle bien vu ? Les musiciens viennent de s'écarter pour reprendre leur formation. Et parmi eux...

- Thomas ! s'écrie Mélanie.

Le cri sort d'elle telle une bouffée d'air. Mais une sourde colère l'envahit aussitôt.

- Thomas ! appelle-t-elle à nouveau en marchant droit vers lui.

L'enfant lui adresse un petit signe amical.

- J'ai fait de superbes photos ! claironne-t-il. Chacun des musiciens a posé pour moi avec son instrument. Je les ai photographiés de face, de dos, de profil... Tiens, où est passée la classe ?

- Cela fait un moment que nous sommes dans le château ! aboie Mélanie. Le maître et Farid te cherchent partout. Tu peux te vanter de nous avoir causé une belle peur.

- Ne bouge pas, je prends la peur en photo, lui rétorque Thomas en braquant son appareil sur elle.

La jeune femme fait mine de lui retourner une claque, puis elle l'empoigne par le bras et le ramène vers sa classe.

Peu après, son appareil confisqué par le maître, et les oreilles pleines de ses remontrances, Thomas suit docilement la fin de la visite du château d'Édimbourg.

Chapitre 3

Un retour à surprises

La classe s'installe dans les jardins de Princes Street pour le repas de midi. Chacun sort alors de son sac le petit paquet préparé par le personnel de l'auberge de jeunesse. Et ce sont aussitôt des exclamations horrifiées ! Car en plus des sandwiches au concombre...

- Qu'est-ce que c'est que ça ? On dirait du cirage !

- Ça sent le Maggi, remarque Romain qui renifle ses tranches de pain de mie engluées d'une pâte à tartiner toute noire.

- Moi, le Maggi, je le mets dans la soupe, dit Hugo.

- Ce sont des sandwiches à la Marmite, déclare Alison. C'est très nourrissant.

- À la « marmaïte » ? répète Jasper en prenant l'accent de la fillette.

- C'est à base de levure de bière, précise John qui partage le déjeuner des enfants. Ça, le porridge et le *haggis*, ça vous bâtit un homme.

- C'est très bon, apprécie Amytis qui vient de mordre dans son sandwich.

- Évidemment, elles sont habituées à manger n'importe quoi, la moitié-Anglaise et l'Iranienne, bougonne Jasper.

- Alison et moi sommes françaises, tête à claques ! se rebiffe Amytis, toutes griffes dehors.

- Ouais, mais pas comme moi, insiste le garçon. Moi, je suis français depuis... depuis...

- Depuis l'homme de Cro-Magnon, rit Romain pour briser la tension. Et ça se voit !

Il cueille le regard de son maître qui lui adresse un petit hochement de tête, signifiant qu'il a bien parlé.

- J'allais intervenir, confie l'enseignant à ses accompagnateurs, mais je préfère que ce soient les jeunes eux-mêmes qui règlent leurs différends.

- Quand ils ne se collent pas un coup de poing dans la figure, souffle Farid.

- Je connais mes grenouilles, reprend Alex Moury avec un sourire en coin destiné à John. Romain est particulièrement doué pour dégonfler les colères. Son aiguille, c'est l'humour.

- Les gens de l'auberge auraient quand même pu prévoir des sandwiches moins typiques, déplore Amélie. À voir la tête des élèves, beaucoup ne vont rien manger.

- Ils vont se goinfrer au cours de l'après-midi en achetant n'importe quoi, avertit Farid. Il faudrait leur rappeler qu'on paie en livres ici, pas en euros.

- Nous avons passé des heures à préparer notre voyage, répond le maître. Croyez-moi, s'il y a une chose qu'ils n'ont pas oublié, c'est bien la monnaie qui a cours en Grande-Bretagne.

Plus tard, la classe parcourt le Royal Mile, la vieille ville comprise entre le château et le palais d'Holyroodhouse. Les ruelles sont bordées par d'anciennes maisons datant du XVIe siècle, de boutiques artisanales, de pubs et de restaurants. De nombreux élèves font la queue devant un « Fish and Chips », réclamant une portion supplémentaire de frites à la place du poisson. Alison se charge de la traduction pendant que le guide s'impatiente, pressé de montrer à sa troupe quelques belles demeures et la cathédrale

St Giles, repérable à sa flèche impressionnante en forme de couronne.

Monsieur Moury a rendu son appareil à Thomas qui photographie à répétition, comme s'il voulait ramener toute la ville chez lui. À un moment, après avoir dépassé l'ancienne place des exécutions publiques, les enfants découvrent la statue en bronze d'un chien.

- Bobby est un exemple de fidélité, explique John. Quand son maître est mort, il est venu monter la garde sur sa tombe pendant quatorze ans.

- Ouah, ouah ! s'exclament les enfants, admiratifs.

- S'il n'avait plus de maître, qui le nourrissait ? interroge Jasper, la bouche pleine de frites.

- Le gardien du cimetière.

La promenade dans le Royal Mile se prolonge jusqu'à l'heure du thé. Après avoir arpenté nombre de rues et visité le palais royal d'Holyroodhouse, les élèves retournent au parking derrière le château, les pieds en marmelade et les bras chargés de souvenirs.

- Je me suis acheté un *tam o' shanter*, claironne Jasper qui arbore un béret rouge. Je crois que je vais le garder sur la tête jusqu'à notre retour. Ça fait couleur locale, non ?

- Ça te fait surtout une beauté de plus, se moque Cerise.

– J'espère qu'on ne marchera pas, demain, se plaint une fillette.

– Non, fait John de sa grosse voix. Demain, vous courrez, poursuivis par les fantômes de Glamis.

La gamine lui jette un regard goguenard.

– Mais bien sûr, marmonne-t-elle entre ses dents.

– Le chauffeur devait m'appeler, remarque le maître.

– Il a dû oublier, mais le car est là, c'est l'essentiel, souffle Amélie qui s'est offert un beau kilt à dominance rouge.

Lorsqu'ils retrouvent enfin l'auberge de jeunesse, c'est pour constater qu'un groupe d'adolescents vient d'arriver, faisant résonner les couloirs de ses courses et de ses appels. Les CM1 marquent un temps d'hésitation et regardent leur maître comme s'il pouvait à lui seul ramener le calme et le silence, voire faire disparaître les intrus.

- Regagnez vos chambres et reposez-vous une petite heure, dit l'enseignant à sa classe.

- Nous reposer, m'sieur ? le reprend Romain. On se croirait dans une cage aux singes pris de folie.

- Je vais parler à leurs accompagnateurs. Tous savent maintenant qu'ils ne sont plus les seuls ici.

Les enfants remontent dans leurs chambres en se lamentant. Ils commencent à déballer leurs achats pour les montrer à leurs camarades, quand le tumulte cesse d'un coup. C'est si brutal que cela surprend.

- Ah, les miracles existent, fait observer Romain à ses compagnons de chambre.

- Ouais, appuie Hugo. Surtout quand ils s'appellent Alex Moury.

Pendant que les élèves somnolent, tripotent leur console de jeux ou prennent une douche, Alex Moury et Farid se retrouvent dans la salle commune pour lire la presse du jour ou parcourir quelques brochures. Thomas les rejoint, le doigt levé.

- Monsieur, vous pouvez me prêter votre adaptateur, s'il vous plaît ? C'est pour recharger mon appareil photo.

- Je l'ai passé à Farid ce matin, répond le maître.

- Va dans ma chambre, dit Farid à Thomas. L'adaptateur est posé sur la tablette au-dessus du lavabo, à côté du rasoir.

Le garçon jette un merci et repart aussitôt. Il monte à l'étage, longe le corridor jusqu'à la chambre de l'accompagnateur, ouvre la porte et entre.

- Ah ! fait-il, bloqué par la stupeur.

Une ombre fond sur lui, le bouscule, le renverse et s'enfuit dans le couloir.

L'instant d'après, encore tout tremblant, Thomas retourne vers son maître, accompagné par des élèves qu'il a rameutés à l'étage.

- Il y avait quelqu'un dans ta chambre, annonce-t-il à Farid. Quelqu'un fouillait dans tes affaires.

- Tu l'as reconnu ? Qui était-ce ? Un homme ? Une femme ?

- Je ne sais pas. Ça s'est passé si vite. L'individu était en noir et il avait caché son visage sous un foulard, chevrote l'enfant. Comme les bandits dans les westerns.

- Grand ? Petit ? Gros ? Maigre ? demande le maître tandis que Farid bondit vers sa chambre.

- Je ne sais pas, je ne sais plus, bredouille Thomas. J'ai eu si peur.

Il s'assoit, se passe les mains sur le visage pour chasser la vision de l'ombre fonçant sur lui.

- C'était peut-être un de ces jeunes, accuse Jasper. Il faudrait les cuisiner un à un.

- Attendons de savoir ce qui a disparu avant d'entreprendre quoi que ce soit, le tempère Alex Moury.

Farid revient très vite en compagnie de Mélanie croisée dans l'escalier.

- On a effectivement remué des objets dans ma chambre, déclare-t-il, mais rien ne m'a été dérobé.

- Le voleur n'en a pas eu le temps, suppose Cerise. L'arrivée de Thomas l'aura fait fuir.

- Inutile de nous étendre sur cette affaire, décrète le maître. Nous quittons l'auberge demain matin. Laissons les ennuis derrière nous.

Pendant que les enfants regagnent leurs chambres, Amytis tire Romain et Hugo à l'écart.

- Le car fracturé, la fouille chez Farid... J'ai l'impression que les deux évènements sont liés, leur glisse-t-elle. Je ne crois pas une seconde que les ados soient impliqués. Il va falloir ouvrir l'œil et retenir chaque détail insolite. Contrairement à ce qu'a prétendu le maître, je suis persuadée que les ennuis vont nous suivre.

- Si je comprends bien, nous entamons une enquête, résume Hugo.

- Exactement, confirme Romain. Et je ne pense pas que nous ayons affaire à des fantômes.

Chapitre 4

La pierre vivante

Le lendemain, la classe quitte Édimbourg de bonne heure. Le car franchit le Firth of Forth, un estuaire, puis il s'engage sur l'autoroute jusqu'à Perth. Les élèves sont calmes, un peu somnolents, et même les adultes échangent peu de mots. À Perth, le chauffeur prend la direction de Forfar à travers un paysage verdoyant de collines et de forêts. Il s'arrête plus tard dans le village d'Eassie, devant une église en ruine. Les enfants descendent et suivent le guide dans les vestiges de l'église. Là, ils découvrent une structure en plexiglas qui abrite un bloc de pierre de deux mètres de haut sur un de large.

– C'est l'Eassie Stone, commence John, une pierre picte qui date du VIIIe ou IXe siècle après J.-C.

– Les Pictes étaient un peuple établi dans les Basses Terres d'Écosse, spécifie le maître. Ils se sont battus contre les Romains et les Écossais. Par la suite, ils se sont fondus avec les Écossais pour devenir les Scots.

– Ce que votre maître ne sait peut-être pas, poursuit John, c'est que les Pictes étaient de petite taille...

- Des nains ? s'exclame Jasper qui s'est enfoncé son *tam o' shanter* jusqu'aux yeux.

- Pas vraiment. Mais on suppose que certaines femmes pictes étaient des fées.

- Des fées ? Ça n'existe pas ! assène Mélissa d'un ton cassant.

- Ici, en Écosse, tout existe ! affirme le guide. Les monstres, les nains des landes, les fées et les fantômes. Et autre chose, ajoute-t-il pour couper court aux objections : les pierres comme celle-ci sont vivantes.

- Hein ? Quoi ? Vivante, la pierre ? cascade la classe, sûre que l'Écossais se moque d'elle.

- Le surnaturel, c'est pour les rêveurs, appuie un garçon.

Amytis, Hugo et Romain restent silencieux, se souvenant de l'apparition de Walter Scott à Abbotsford.

- Vous voulez dire que cette pierre-là respire ? lance Jasper. Comment elle fait sous son plexiglas ?

Sa remarque provoque quelques ricanements.

- Les fées vivent dans les brumes du soir et de l'aurore, indique John. Quand le brouillard se disloque, elles s'envolent sous forme de voiles et se réfugient dans les blocs de pierre dont elles deviennent les âmes. C'est le cas, en France, avec vos menhirs, qui vont boire aux étangs durant la nuit de Noël.

- Pfff, n'importe quoi, laisse filer Jasper.

- Si vous vous approchez des pierres levées en tendant la main, vous pouvez sentir leur vibration. À condition de ne pas être un esprit borné, achève-t-il à l'intention de Jasper. Les fées peuvent entrer dans n'importe quelle pierre.

- Les menhirs sont des pierres préhistoriques, rappelle Romain. Celle-ci est une pierre chrétienne puisqu'une croix est gravée dessus.

- Elle porte effectivement un symbole chrétien, avec deux anges en haut des bras. Au pied de la croix, à gauche, on distingue un homme avec un écu et une lance. À droite, continue le guide, vous remarquerez un chien et un cerf. C'est donc une scène de chasse qui est gravée ici.

- La croix est quand même bizarre, note Hugo. On voit des cercles et des lignes entrelacées.

- Ce sont des symboles pictes. Regardez l'arrière de la pierre, maintenant, dit John en leur faisant contourner le monolithe.

- On voit des animaux et trois hommes avec une cape, signale Thomas.

- Des vaches, précise Cerise. Je parie que cela signifie que les Pictes faisaient de l'élevage.

- Tout juste, confirme le maître.

- Il y a un arbre planté dans un pot, relève Mélanie. Cela correspond à l'agriculture.

John secoue la tête, pas du tout d'accord avec elle.

- Qu'est-ce qu'il y a au bout des branches ? demande-t-il.

Les visages se collent au plexiglas.

- Des fruits, bien sûr, affirme un garçon.

- Des pommes ! souligne Alison.

- Hé non ! Des têtes humaines ! laisse tomber l'Écossais.

Les élèves ont un mouvement de recul, comme si la pierre risquait de les mordre.

- Les Pictes faisaient des sacrifices humains ? s'étonne Amytis.

- C'est possible, admet John, et dans ce cas cette pierre représenterait une cérémonie sacrée. Nous pouvons aussi supposer que les têtes sont celles d'ennemis. La pierre pourrait alors marquer la limite d'un territoire, et menacer de mort tout clan voisin qui tenterait de l'envahir.

- Elle servirait à la fois de protection guerrière et de protection magique, résume Romain.

- Très bien ! le félicite le maître en faisant le geste d'applaudir.

Romain se redresse, tout fier, un sourire rayonnant sur les lèvres. Hugo le gratifie d'une tape sur l'épaule tandis que Jasper renvoie au guide :

- On est bons, nous, les grenouilles, hein ?

John ne relève pas. Il ramène le groupe vers le car. Thomas vient presque s'accrocher au bras d'Alex Moury.

- Monsieur, j'ai photographié la pierre sous tous ses angles. Il ne manque aucun détail. J'ai fait six photos de chaque face.

- J'espère que tu n'as pas pris douze fois ton reflet dans le plexiglas, sourit le maître.

- Hé non, heuh ! rauque le garçon.

Pourtant, saisi d'un doute, il vérifie sur son appareil. Chaque vue lui tire une moue perplexe.

Peu après, le car traverse les terres entourant le château de Glamis. Des *Highland cows* lèvent la tête pour le regarder passer. Ce sont des bovins à la robe presque rouge, aux longs poils, affublés de longues cornes dressées en l'air.

- Waouh, on dirait des animaux préhistoriques ! lâche Mélissa.

- C'est une race typiquement écossaise, dit monsieur Moury. Elle est originaire des Hautes Terres...

- Les propriétaires du château en font l'élevage depuis longtemps, achève le guide, ce qui leur permet d'avoir des revenus pour financer l'entretien de la demeure.

Le car longe un ruisseau surplombé par un arboretum.

- C'est quoi, un arboretum ? interroge Hugo comme le mot vient d'être prononcé par John dans le micro.

- C'est une pépinière où l'on expérimente la culture d'arbres d'essences diverses, répond l'enseignant. Ceux que vous apercevez viennent

de partout dans le monde. La plupart sont très rares, et plusieurs sont centenaires.

Les enfants sont plaqués aux vitres jusqu'à ce que le car s'arrête sur le parking du château.

- Vous ne venez pas avec nous ? s'enquiert monsieur Moury pendant que la classe se range devant le véhicule.

- Non, répond le chauffeur. Les fantômes, très peu pour moi.

- Vous allez trouver le temps long.

- J'ai de la lecture et mon thermos de café.

Le guide en tête, les élèves s'approchent de l'impressionnante bâtisse, un mélange de château fort français et de manoir écossais. Des statues ornent le jardin, piquées de chaque côté de la grande allée. Jasper s'arrête devant un lion en pierre scellé sur un socle.

- T'es pas fait en pierre vivante, toi, hein ? grogne-t-il. T'es aussi mort qu'un caillou.

Il lui tire la langue pour montrer qu'il ne le craint pas, puis il lui décoche des petits coups, comme s'il frappait à une porte.

- Hé, ho, y a une fée qui habite là-dedans ?

Pendant ce temps, la classe écoute le guide qui évoque rapidement l'histoire du château.

- Le château date du XIe siècle, mais il a subi de nombreuses transformations au cours des âges. Le bâtiment central date du XIVe. En 1372, le château revient aux comtes de Strathmore, chefs du clan Lyon.

Arrivés devant la façade, John demande ensuite aux enfants de compter les fenêtres situées de chaque côté de la tour centrale.

- Elles sont à chaque fois au nombre de trois, observe Thomas qui prend en photo les différents décrochements des ailes du château.

Tout à coup, un cri fait se retourner tout le monde. Jasper revient en courant, l'air terrifié, du sang sur les doigts.

- Le... le lion... hoquette-t-il. Il m'a griffé !

Le maître hausse les épaules.

- Qu'est-ce que tu racontes ? Tu t'es éraflé au socle, voilà tout.

- Non, non. Je lui parlais quand...

- Tu lui parlais ? le coupe Amytis avec un sourire railleur.

- Je lui parlais quand il a baissé la tête vers moi, continue Jasper. Il a eu une horrible grimace, il a rugi et...

- Rugi ? Mais on n'a rien entendu, se moque Farid.

- C'était à l'intérieur de la pierre, tente d'expliquer le garçon qui en a les larmes aux yeux de ne pas être cru. Je l'ai... senti plus qu'entendu. C'est la fée qui hurlait, j'en suis sûr.

Les élèves le regardent, goguenards. Mélanie sort un mouchoir de son sac et nettoie la blessure.

- Ça ressemble à une griffure, en effet, remarque-t-elle. Une entaille nette, franche, peu profonde heureusement. Je te désinfecterai une fois de retour au car. Le chauffeur doit avoir une trousse médicale.

- Le lion a juste voulu te serrer la main, plaisante le guide. Allez, nous sommes attendus au château.

Ils se dirigent vers la tour centrale, mais Amytis reste en arrière avec Hugo et Romain. Tous trois retournent vers le lion de pierre et l'étudient.

- C'est un jeu d'ombres qui a donné l'impression à Jasper que le lion bougeait, estime Romain.

- Oui, il est trop lourd pour que la petite fée qui est à l'intérieur puisse l'animer, déclare Hugo.

Son ami le dévisage en secouant la tête.

- Ne me dis pas que tu crois à…

- Jetez donc un coup d'œil sur ses griffes, le coupe Amytis d'une voix blanche.

Sur une griffe du lion, bien arrondie, bien lisse, où il est impossible de s'écorcher, brille une perle de sang. Romain en perd le souffle.

- Alors… c'est vrai… balbutie-t-il. Il a réellement levé la patte pour…

Le reste des mots reste bloqué au fond de sa gorge. La bête, qui à l'instant encore semblait fixer le ciel, paraît soudain poser ses yeux de pierre sur les trois enfants, la gueule entrouverte sur un rictus sinistre.

Amytis, Romain et Hugo détalent à toutes jambes, une boule de peur dans la poitrine.

- Ce sont les ombres, tente de se raisonner Romain.

- Pas un mot aux autres, recommande la fillette à ses amis. Je ne veux pas qu'on se fiche de nous.

Ils rejoignent la classe au moment où John évoque Walter Scott qui a visité le château à son époque.

- Sir Walter Scott a passé une nuit dans ce château, poursuit le guide, et il a prononcé cette phrase : « ... *I began to consider myself as too far from the living and somewhat too near the dead.* » Ce qui signifie ? demande-t-il à Alison.

- Je commençais à me sentir trop loin des vivants et un peu trop près des morts, traduit la fillette.

Romain glisse à l'oreille d'Amytis :

- Encore Walter Scott ! Décidément, il ne nous lâche plus, celui-là. Pourvu qu'on ne rencontre pas son fantôme à nouveau !

- Je pressens des choses bien plus terribles, frémit son amie.

Le guide invite son petit monde à entrer dans la tour. La classe est avalée d'un coup, aspirée par la gueule du château.

Chapitre 5

Le château de Glamis

Les élèves sont accueillis par une guide commise aux visites du château. C'est une femme maigre, sèche, portant la jupe au tartan des Lyon, c'est-à-dire aux couleurs du clan des propriétaires.

- Les fantômes sont réveillés ? lance John sur un ton jovial, mais il ne reçoit qu'un haussement d'épaules pour toute réponse.

Le maître et les deux accompagnateurs s'échangent une moue.

- C'est peut-être elle, le fantôme, murmure Farid à l'oreille de Mélanie, lui arrachant un petit gloussement.

L'Écossaise les conduit vers le « Hall de Duncan » situé dans le donjon carré, tout en racontant que le château est lié à la famille royale d'Angleterre.

- ... car Lady Élizabeth Bowes-Lyon, fille du quatorzième comte de Strathmore et mère de la reine actuelle Élizabeth II, a passé son enfance au château.

Ils parviennent dans une salle du XIe siècle, ornée d'armures et de claymores, ces grandes et larges épées écossaises qui se maniaient à deux mains.

- C'est dans cette pièce que Shakespeare a placé l'assassinat du roi Duncan par Macbeth, en 1040, annonce la guide. Mais c'est faux. Le roi a

été tué à Bothgowanan, près d'Elgin, au nord-est d'Inverness.

- Alors pourquoi il a écrit que c'était ici, Jexpire ? veut savoir Jasper.

- Parce que le château correspondait au décor qu'il avait en tête, répond la femme.

Les enfants observent autour d'eux. La grande salle semble les écraser avec ses grosses pierres chargées d'histoire, et ses armes d'un autre âge.

- J'ai froid, grelotte Amytis. J'ai l'impression qu'un souffle glacé sort des murs.

- Moi, je sens des yeux posés sur nous, dit Romain.

- Les murs nous épient, renchérit Cerise.

- Ce sont peut-être les fantômes, suggère Hugo. Des fantômes qui ont un aspect de pierres. Vous croyez que les murs peuvent se rapprocher pour nous écrabouiller ?

John se penche vers lui et chuchote :

- Vous n'avez pas encore assez peur. Les fantômes se nourrissent de la terreur des vivants. Ça les amuse, ça les venge et ça les entretient pour de longues années.

- Un peu comme les vampires, alors ?

- Exactement. D'ailleurs, il y a un vampire tout près de la crypte. Nous irons y faire un tour tout à l'heure.

Mélissa, qui a entendu, décoche un coup de coude à Hugo.

- J'espère que tu n'en crois pas un mot, lui souffle-t-elle une fois que le guide s'est écarté. Il tient à nous plonger dans une atmosphère étrange, comme s'il voulait qu'on se souvienne uniquement d'une Écosse sauvage et mystérieuse.

- Tu ne ressens rien, toi ? demande Amytis à Mélissa.

- Bôôô, rétorque la rouquine. Pas plus que devant une banque réfrigérée.

La classe quitte le hall pour se diriger vers la chambre du roi Malcolm II. Mélissa demeure un instant en arrière. Elle embrasse le hall du regard et lâche d'un ton hautain :

– Un château hanté ! Peuh, c'est un piège à touristes, oui.

À ce moment, un énorme visage mangé par une barbe rousse sort du mur et gronde d'une voix caverneuse :

– Tu viens jouer aux cartes avec moi ?

La fillette reste muette de stupeur. Puis elle pivote sur les talons et, le cri au bord des lèvres, elle détale à toutes jambes.

– Y a un truc ! Y a un truc ! se répète-t-elle pour ne pas se laisser gagner par la panique.

Lorsqu'elle rejoint la classe, Cerise lui demande :

– Ça ne va pas ? Tu as une drôle de tête. On dirait que tu as vu un fantôme, ajoute-t-elle sur le ton de la plaisanterie.

- C'est l'atmosphère un peu… lugubre, répond Mélissa. Ça va aller mieux dans un instant.

« Je ne veux pas me rendre ridicule en lui racontant ce que j'ai vu… ou simplement imaginé. »

- C'est normal qu'on se sente tous un peu oppressés, comprend Cerise. Il a dû se passer tellement de choses horribles dans ce château.

La femme précède les élèves dans une chambre datant du Moyen Âge, mais qui a été entièrement remodifiée pour lui donner un aspect plus agréable.

– Le roi Malcolm II est décédé dans cette chambre en 1034, leur apprend-elle. C'est dans cette même pièce qu'est née la princesse Margaret, en 1930, sœur cadette de la reine d'Angleterre.

– Ne raconte-t-on pas que Malcolm y fut assassiné ? la reprend John. Et que durant des siècles, une tache de sang n'a pu être nettoyée ?

– Le roi est mort de ses blessures de guerre, grince la guide. Un nouveau plancher recouvre les dalles, il n'y a donc aucun risque de patauger dans une mare de sang.

– Cette femme fait tout pour laver le château de sa réputation de forteresse maudite, glisse le maître à ses accompagnateurs. Pourtant Glamis reste bien le lieu le plus hanté d'Écosse.

Au moment de sortir, John rappelle aux enfants de bien compter le nombre de fenêtres de chaque pièce qu'ils traversent.

- Deux ! Il y en a deux ! aboie Jasper. Je sais bien compter, hein, monsieur ? jette-t-il à Alex Moury.

- Tu es en nets progrès, lui renvoie l'enseignant, se forçant au sérieux.

- Weuh, weuh, grommelle le garçon, touché.

- Romain ! Hugo ! appelle Amytis comme la classe sort de la chambre.

Elle leur montre une tache sombre sur le sol.

- C'est une ombre entrée par la fenêtre, suppose Romain. Un arbre doit s'agiter devant.

La tache s'élargit, s'épaissit, devient une flaque liquide qui vient leur mordre les pieds.

- C'est du sang ! s'exclame Amytis. Le sang du roi Malcolm ! Il arrive de dessous le parquet.

Et c'est la fuite ! Cette fois, les trois amis ne taisent pas le phénomène et alertent le maître.

- C'est une illusion ! tranche la femme.

- Il faut retourner voir ! criaille la classe qui a très envie de se faire peur.

– La visite se poursuit par là ! claque la guide en pointant le bras devant elle. Je refuse que l'on s'éparpille dans tous les sens et que l'on perde du temps. D'autres groupes sont attendus après vous.

- Mais le sang ? insiste Hugo. Il va noyer le château s'il continue à monter.

- C'est une légère infiltration d'eau rougie par la rouille des tuyaux, assène la guide. Cela se produit parfois après de fortes pluies.

- La pluie ? Pourtant il fait beau depuis plusieurs jours, fait remarquer Mélanie.

- Suivons-la, soupire John. Elle verrait surgir une tribu de lutins devant elle qu'elle marcherait le nez en l'air pour ne pas admettre leur présence.

Ils franchissent une grande salle à manger dans laquelle, curieusement, rien ne se produit.

- Il y a trois fenêtres, observe Romain. Elles correspondent à celles vues de l'extérieur.

- Ce qui n'est pas le cas de toutes les pièces que nous avons traversées, signale Amytis. Certaines n'en avaient que deux, alors que...

Elle attrape Thomas qui passe à sa portée, lui demande de leur montrer les photos prises depuis le jardin.

- … alors que la façade en présente trois, termine-t-elle en rendant son appareil au garçon.

- Ce qui signifie ? interroge Hugo.

- Qu'il y a des chambres dissimulées, déduit Romain.

- Pour quelle raison ?

- C'est la bonne question, dit Amytis. J'espère que la réponse ne va pas nous sauter à la gorge.

Chapitre 6

Le mystère des chambres closes

Des cris s'échappent soudain des murs. Des plaintes, des gémissements poussés par des voix adultes et enfantines. La classe se fige, les yeux rivés sur les gros blocs du couloir.

- Cela provient de là, derrière, assure Farid.

- C'est l'eau dans les tuyaux, déclare la femme. Il y a des bulles d'air qui font comme des gargouillis d'estomac. Cela arrive fréquemment dans les vieilles maisons, alors pensez, dans un château vieux de plusieurs siècles. La chambre a d'ailleurs été...

Elle se tait et se mord les lèvres, consciente que ses derniers mots lui ont échappé.

- Derrière ces murs, il y a donc une pièce sans porte, relève Alex Moury. C'est impensable.

- C'est la chambre hantée des Ogilvie ! indique John.

La guide lui décoche un regard noir, à le transformer en statue de sel.

- Cela demande des explications, exige Mélanie alors que les lamentations deviennent plus déchirantes.

- Je vais m'en charger, se dévoue John.

- Des racontars, rien que des racontars, ronchonne la femme en s'éloignant dans le couloir.

John attend que toute l'attention se porte sur lui.

- Pour échapper à ses ennemis, le clan des Ogilvie aurait demandé protection au seigneur de Glamis, un homme cruel et redoutable. Le seigneur aurait alors enfermé toute la famille Ogilvie dans une pièce où il l'aurait laissée mourir de faim. On prétend que derrière ces murs de cinq mètres d'épaisseur se trouve une chambre remplie d'ossements. Les âmes des morts appellent à l'aide dès qu'elles sentent une présence inconnue passer dans ce couloir.

- On les entend bien, souligne Hugo. Mais on ne comprend rien.

- C'est parce que les Ogilvie parlent un vieil anglais, précise Alison. Ils supplient qu'on leur ouvre la porte.

- Mais la porte a été si bien murée qu'on ne sait plus où elle se trouve, lâche John d'un ton sinistre.

- Y a un truc, marmonne Mélissa, y a un truc. Un magnétophone caché quelque part...

La voix de la guide éclate alors au bout du corridor.

- Eh bien, vous venez ? Il nous reste la crypte et la chapelle à visiter.

Les élèves la rejoignent. Mélissa traîne, cherchant à découvrir la niche où serait dissimulé un micro déversant les soi-disant gémissements des Ogilvie. Une main jaillit brusquement du mur et se pose sur son bras. Un courant glacial traverse la fillette.

- Viens jouer aux cartes avec moi ! ordonne la voix grave du rouquin barbu alors que sa tête apparaît dans la pierre. Le Diable est parti, et je réclame un nouveau partenaire.

Mélissa sent ses cheveux se dresser sur la tête. Elle hoquette de frayeur, piétine...

- Y a un... y a un... tente-t-elle de se convaincre.

Puis elle s'élance à la suite de la classe.

- Qu'est-ce que tu as à regarder sans arrêt derrière toi ? s'étonne Mélanie auprès de qui la petite rouquine s'est réfugiée. Tu as quelqu'un à tes trousses ?

- No... nooonnn, chevrote l'enfant.

Une idée subite lui vient à l'esprit.

- Euh, est-ce qu'il est possible de projeter des images en relief ? demande-t-elle.

- Bien sûr. Cela s'appelle des hologrammes.

« J'ai compris, se rassure Mélissa. Il y a un petit malin, dans ce château, qui s'amuse à vouloir m'effrayer avec des hologrammes. J'étais sûre qu'il y avait un truc. »

- Et ça peut provoquer un contact très froid quand ça nous touche? poursuit-elle.

- Ah non, répond Mélanie. C'est une lumière, pas un courant d'air.

« Mmm, le plaisantin a dû trouver le moyen d'émettre un fluide glacial, réfléchit la fillette. Ce château est bourré de gadgets comme dans un train fantôme. »

Tranquillisée, Mélissa suit son groupe, un petit sourire malicieux sur les lèvres. « Et ce bon John qui va continuer à faire peur aux autres avec ses histoires de revenants. Seulement, ça ne marchera pas avec moi. »

Ils parviennent à la crypte. Une basse voûte lui confère l'aspect d'un souterrain, mais c'est une vaste salle éclairée par deux grandes fenêtres.

Une immense cheminée troue un mur. Des coffres, des fauteuils en cuir, des armures, des boucliers et des épées occupent tout l'espace.

- C'était l'ancienne pièce à vivre de la famille, spécifie la guide. On considère cet endroit comme le cœur du château.

- Pourquoi n'y a-t-il que deux fenêtres ? la questionne Romain. On en voit trois de l'extérieur.

- Il existait une chambre à gauche, répond-elle. Elle a été scellée par un mur parce qu'elle moisissait à cause des infiltrations d'eau.

- Ne serait-ce pas plutôt pour cacher le monstre de Glamis ? intervient John qui ne se contient plus.

La femme se raidit et claque d'un ton sec.

- Encore des histoires à dormir debout !

- C'est quoi, le monstre ? Comment est-il ? Qu'est-ce qu'il a fait ? Il crache du feu comme un dragon ? s'excite la classe.

La guide lève les yeux au ciel et se dirige vers la porte. Et John raconte :

- En 1821 naissait le fils aîné du onzième comte. Il était affreusement difforme. Un vrai Quasimodo. Pour cacher un tel rejeton, son père l'a gardé au château toute sa vie puis, à la mort de ce fils, il a fait murer ses chambres afin qu'il ne subsiste aucun souvenir de lui.

– Voilà pourquoi on compte moins de fenêtres à l'intérieur ! s'exclame Jasper.

– Tous ceux qui ont connu le monstre ont disparu aujourd'hui, rappelle Cerise. Alors pourquoi garder ses chambres secrètes ?

– Parce que le monstre est devenu un vampire qui hante les pièces où il a vécu.

– Ssss, siffle Mélissa d'un air un peu méprisant. Il ne sort pas des murs pour nous attaquer ?

– Les pièces renferment d'autres fantômes, continue John. Il paraît qu'un vampire naît à chaque génération de la famille, que l'on garde dans ces chambres secrètes. On raconte également que Beardie, un comte rouquin et barbu, joue aux cartes avec le Diable quelque part derrière ces murs.

L'homme s'approche de Mélissa.

– Méfie-toi de lui, l'avertit-il. Si le Diable venait à abandonner la partie, Beardie réclamerait un partenaire aux cheveux couleur de feu.

Il est capable de t'attirer à travers les murs si tu réponds à son invitation. Dans ce cas, tu resterais prisonnière ici pour l'éternité.

- Mais oui, mais oui, rétorque-t-elle, amusée.

- Ça me plairait bien, moi, de passer mon temps à jouer aux cartes, rigole Jasper. Plus de leçons, plus de devoirs...

- Plus de marshmallows, ajoute Amytis, déclenchant un rire général.

Les enfants regardent le mur un instant, puis ils passent la main sur les pierres pour tester leur dureté, pas très rassurés tout de même. La présence du maître insuffle un petit courage à certains qui se risquent à cogner le mur du doigt et invitent les fantômes à se manifester.

Les élèves ressortent de la crypte sans remarquer un visage blafard découpé dans la paroi et qui les suit de ses yeux rouges. Ils pénètrent ensuite dans une chapelle du XVIIe siècle, lambrissée, lumineuse, barrée d'un autel devant lequel s'alignent plusieurs rangées de chaises.

- Regardez mais ne touchez à rien, leur recommande la femme restée sur le seuil.

Elle se rend compte, à ce moment, qu'un enfant va s'asseoir sur la première chaise, à droite de l'autel, et elle pousse un cri strident, relayée par John.

- Non ! s'écrie-t-il. Pas sur cette chaise-là ! C'est celle de la Dame Blanche !

L'élève reste le derrière en l'air, surpris, puis il décide de revenir vers la porte.

- La Dame Blanche ? répète Amytis. Si vous nous éclairiez ?

- Après la mort de son mari, Janet Douglas fut accusée de sorcellerie par le roi d'Écosse James V. Elle fut emprisonnée si longtemps dans un sombre donjon qu'elle en devint aveugle. Elle fut brûlée vive à Édimbourg. Son fils fut aussi condamné à mort, mais il fut libéré et gracié à la

mort du roi. Cette chapelle a été bâtie un siècle plus tard, mais Lady Janet vient s'y recueillir pour trouver un peu de repos pour son âme.

- Une sorcière qui vient prier dans une chapelle, tique Romain. Quelque chose ne va pas.

- Le roi James a monté une charge de toutes pièces contre elle car il voulait se débarrasser de la comtesse pour s'emparer du château, précise John.

- Pourquoi on ne peut pas s'asseoir sur sa chaise ? demande une fillette.

- Parce que tu te transformerais en glace et tomberais aussitôt en morceaux.

- N'importe quoi, souffle Mélissa, assez loin du guide cependant.

- Je crois qu'ils en ont assez vu, intervient la femme qui constate que les élèves sont presque tous sortis de la chapelle. Ils peuvent aller se promener dans le jardin à présent.

- Excellente idée, approuve le maître. Surveillez-les, dit-il à Mélanie et à Farid, je vous rejoins tout de suite.

Saisi d'une étrange impression, attiré par une voix suppliante qui résonne dans sa tête, Alex Moury va s'asseoir sur la chaise à côté de celle de la Dame Blanche. Là, sous l'effet d'une sorte de charme, il se met à songer à la malheureuse lady.

Dehors, alors que la guide s'apprête à retourner dans la tour centrale, John la retient par une question.

– Pourquoi niez-vous systématiquement la présence des fantômes ? Vous savez très bien que le château est hanté.

– Vous n'imaginez quand même pas que les propriétaires vont se laisser submerger par les revenants ! répond-elle. Nous vivons dans le monde des vivants, pas dans celui des morts. C'est déjà bien assez de ne pas arriver à nettoyer cette flaque de sang dans la chambre de Malcolm. Sans compter qu'il nous faut supporter les cris de Beardie qui cherche un partenaire pour jouer aux cartes depuis que le Diable, las de perdre, est retourné en Enfer. Une chance que l'on n'ait pas vu apparaître le fantôme de la jeune servante à la bouche dégoulinante de sang parce qu'on lui avait coupé la langue pour avoir trop jasé.

- Ni celui de la nurse qui berce un enfant mort, ou encore celui du garde en armure qui hante les sous-sols ou monte la garde sur le toit du château, complète John qui comprend les raisons de la guide.

- J'espère que ces gosses ne vont pas rencontrer l'esprit du jeune domestique mort de froid sous un arbre car son maître lui avait interdit de rentrer se réchauffer au château, soupire la femme avant de s'éloigner.

Cependant, dans la chapelle, Alex Moury pense très fort à la Dame Blanche.

« Quelle affreuse histoire ! Puisqu'on sait que Lady Janet était innocente, pourquoi personne n'a-t-il jamais essayé de la réhabiliter ? Si la mère de la reine d'Angleterre a vécu ici, pourquoi n'a-t-elle pas lavé cette femme de la fausse accusation portée contre elle ? »

Il sent une douce caresse sur sa main. Baisse les yeux. Une main est posée sur la sienne, presque transparente. Il n'ose tourner la tête, mais il sait que la Dame Blanche est assise à côté de lui. Il voit les plis de sa robe contre son pantalon.

– Je... je... bredouille-t-il.

Il n'a pas peur et éprouve l'irrésistible envie de lui parler, de la rassurer tant il la devine fragile et désespérée.

– Je voudrais vous aider, commence-t-il. Je voudrais vous rendre votre honneur. Je...

Il n'en dit pas plus. La Dame Blanche a disparu. À sa place, il découvre trois ombres portées par la lumière, derrière lui. Il se retourne. Amytis, Romain et Hugo l'observent, debout dans le cadre de la porte.

– Vous... vous l'avez vue ? demande-t-il d'une voix étranglée.

Les trois enfants font oui de la tête, encore tout bouleversés par cette apparition dans sa robe éblouissante.

Monsieur Moury se lève, les rejoint et ressort avec eux.

- Je rêve, ou il a des larmes dans les yeux, le maître ? souligne Hugo, quêtant vainement une réponse.

À peine Amytis et ses amis se retrouvent-ils dans le jardin que des cris s'élèvent.

- C'est Farid ! Il a été attaqué par un fantôme ! lance Thomas.

- Y a un truc ! Y a un truc qui s'est déréglé ! soutient Mélissa qui croit dur comme fer qu'une machinerie a été installée dans les buissons pour faire croire aux revenants et effrayer les visiteurs.

Soutenu par Jasper, entouré par une flopée d'élèves, Farid revient vers Alex Moury qui court d'ailleurs vers lui.

- Je n'ai rien vu venir, déclare Farid. J'étais derrière les haies, à admirer une statue, quand j'ai reçu un coup sur la tête. On m'a fouillé, mais rien n'a été volé.

- Je l'ai entendu gémir, rapporte Jasper. Il a une bosse aussi grosse qu'un œuf sur le crâne.

Mélanie arrive à ce moment, se demandant ce qui se passe.

- Ce n'est pas un fantôme, affirme Amytis à Romain et à Hugo. La fouille du car et de la chambre de Farid, et à présent son agression... tout cela est l'œuvre d'un vivant. Ce mystérieux personnage fait partie de notre groupe, mais que cherche-t-il ? Farid dissimulerait-il un secret ?

La troupe remonte une allée en direction du parking. Alors, comme obéissant à un signal, Glamis se réveille. Le monstre se met à hurler tel un loup qui voit s'échapper sa proie, les Ogilvie tambourinent de toutes leurs forces contre les murs, le soldat apparaît au sommet de la tour et sonne du cor tandis que le serviteur, sous son arbre, crie pour qu'on lui ouvre la porte du château. La servante à la langue coupée traverse le jardin, poursuivie par la nurse qui lui ordonne d'apporter de l'eau pour laver le nourrisson mort. D'autres fantômes secouent les barreaux de leurs fenêtres pendant que des vampires se glissent dans les couloirs sombres et fouillent les recoins de leurs yeux de sang. Beardie appelle la petite rouquine de toute sa voix pour qu'elle vienne jouer aux cartes avec lui...

Chez les enfants, c'est la panique. Ils s'enfuient en désordre, mêlant leurs clameurs au tapage des fantômes.

- Y a un truc ! C'est un spectacle genre feux d'artifice ! jappe Mélissa, happée par la débandade.

Le lion de pierre décoche un coup de griffe à Jasper, qu'il manque, puis, la gueule tournée vers la classe qui s'engouffre dans l'autocar, il pousse un formidable rugissement qui fait trembler le sol autour de lui.

Debout à la fenêtre de la chapelle, la Dame Blanche tend la main vers le parking, vers Alex Moury qui s'en va. Son visage est empreint d'une grande tristesse, ses lèvres prononcent un nom, mais le vent qui écoute essaime le mot dans les rosiers du jardin.

Le car est reparti, emportant les CM1 terrifiés vers les Highlands, les Hautes Terres sauvages de l'Écosse. Le calme revient peu à peu, les élèves étant rassurés par Mélissa et par le maître qui affirme qu'il n'y a plus de danger. Tassé sur un siège, quelqu'un remue pourtant de sombres pensées.

« Je n'ai pas réussi à mettre la main sur les diamants. Waldo ne va pas être content, mais alors pas du tout. »

Alain Surget

Né à Metz en 1948, Alain Surget a été professeur d'histoire. Il commence à écrire dès l'âge de 16 ans en composant des poésies, des nouvelles et des pièces de théâtre. Il est aujourd'hui l'auteur de nombreux romans et séries - *L'Œil d'Horus, Le Renard de Morlange, Tirya, Les Enfants du Nil, Les Agents secrets de l'Olympe*... - et participe régulièrement à des ateliers dans les médiathèques et les écoles. Alain est surtout un grand rêveur qui ne manque pas de porter le kilt quand il voyage en Écosse au pays des lacs à monstres !

Louis Alloing

Louis Alloing voit le jour en 1955 à Rabat, au Maroc, et passe sa jeunesse à Marseille. Passionné de dessin, il fait des études d'arts graphiques dans cette belle ville du Sud, puis à Paris. Après avoir travaillé dans la publicité, il se consacre à la littérature pour la jeunesse. Il est notamment l'illustrateur de la bande dessinée *Marion Duval* et des séries *Plume le pirate* et *Princesse Olympe*. Pour cette nouvelle aventure dans les Highlands, le costume de pirate étant fortement déconseillé, Louis a reçu un magnifique kilt d'Alain Surget, histoire de voyager incognito et ne pas se faire trop remarquer...

Table des matières

Retrouve Hugo, Amytis et Romain dans le **tome 3**

MYSTÈRES DANS LES HIGHLANDS

Panique au Loch Ness

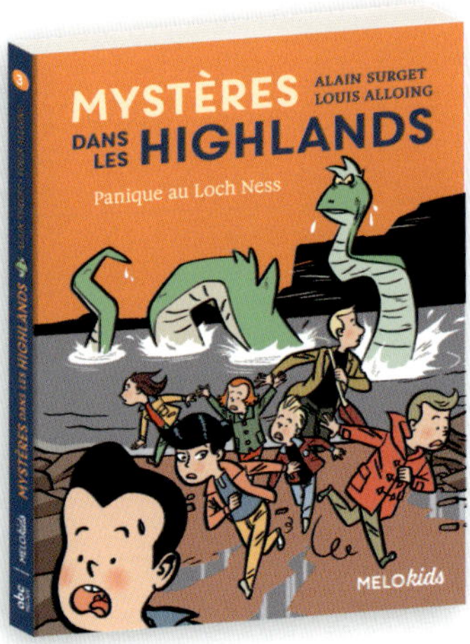

Après avoir échappé aux fantômes de Glamis, les élèves vont s'enfoncer dans les Highlands, au bord du Loch Ness, domaine du monstre Nessie. Mais quels sont ces bruits étranges qui résonnent le long du lac, appuyés par des sons de cornemuses ?

Qui est le traître dans l'équipe qui encadre les enfants ? Parviendra-t-il à mettre la main sur les diamants qui voyagent avec les élèves ? Amytis et ses amis réussiront-ils à le démasquer ?